~ SACRIFICE TO THE KING OF
BEASTS SPIN-OFF ~

WHITE RABBIT AND THE PRINCE OF BEASTS

1

YU TOMOFUJI

WHITE RABBIT AND THE PRINCE OF BEASTS
SACRIFICE TO THE KING OF BEASTS SPIN-OFF

1

INHALTSVERZEICHNIS

IM DÄMONEN-
REICH, DAS
EINST ALS EINE
IN MIASMA
GEHÜLLTE
»TABUWELT«
GALT...

... BEGEGNE-
TEN SICH DER
GEFÜRCHTETE
DÄMONENKÖNIG,
DER ÜBER
ALLE DÄMONEN
HERRSCHTE, UND
EIN MENSCHEN-
MÄDCHEN, DAS
NICHTS BESASS
UND ALS OPFER-
GABE DARGE-
BRACHT WURDE.

DIE BEIDEN
MUSSTEN
UNZÄHLIGE
HINDERNISSE
ÜBERWINDEN,
BEVOR SIE
ZUSAMMEN-
KOMMEN
DURFTEN.

DIESE GE-
SCHICHTE
SPIELT ZWÖLF
JAHRE NACH
DER VEREI-
NIGUNG DER
BEIDEN.

TA MM.

WHITE RABBIT AND THE PRINCE OF BEASTS

SACRIFICE TO THE KING OF BEASTS SPIN-OFF

EPISODE
1

ALSO MÜSSEN WIR AUCH DIE GRENZE ÜBERQUEREN.

FÜR EINE WEILE HEISST ES ABSCHIED NEHMEN VON DIESEN MONDNÄCHTEN.

WIE VERMUTET. DIE TYPEN SIND INS DÄMONENREICH GEFLÜCHTET.

WIE WAR'S?

...

ES IST 12 JAHRE HER, DASS DU IN DEINER HEIMAT WARST.

FREUST DU DICH?

NEIN.

ICH HABE MICH LÄNGST VON IHR VERABSCHIEDET.

ES GEHT UM DIE FINALE UNTERZEICH-NUNG DER DOKUMENTE, DIE DIE DIPLO-MATISCHEN BEZIEHUNGEN UNSERER LÄNDER FEST-LEGEN...

ERLAUBT MIR, BE-RICHT ZU ERSTAT-TEN...

... MA-JESTÄT LEON-HEART.

LANGE ZEIT WAREN DIE BEZIEHUNGEN ZWISCHEN DÄMONEN UND MEN-SCHEN VON KONFLIK-TEN UND UNFRIEDEN GEPRÄGT.

DOCH NACH DER HEIRAT DES KÖNIGS VER-BESSERTEN SIE SICH LANG-SAM.

WIR HABEN AUS DEM MEN-SCHENREICH YOANA EIN KÖNIGLICHES SCHREIBEN ERHALTEN.

HM...

UND?

MAN WAR EINEN LANGEN WEG GEGAN-GEN UND NUN STAND DER FRIEDENS-SCHLUSS BEI-DER LÄNDER KURZ BEVOR.

DAS VERBOT, DIE GEGENSEITIGEN GRENZEN ZU ÜBERSCHREI-TEN, WURDE GELOCKERT UND DAS OPFERGA-BESYSTEM ABGESCHAFFT.

PREMIER-MINISTER ANUBIS

BITTE SUCHT MICH NICHT.
RICHARD

DER PRINZ...

WAS SOLL DER LÄRM?

E... ES TUT MIR LEID.

DER KÖNIG IST ANWESEND!

ABER ES IST DRINGEND!

PRINZ RICHARD IST AUS DEM SCHLOSS AUSGERISSEN!!

HAH

HAH

DRÜCK

ABER ICH...

ICH...

VATER, MUTTER.

ES TUT MIR LEID, DASS ICH STILLSCHWEIGEND VERSCHWINDE.

... DASS ES IM ALTARRAUM EINEN DURCHGANG NACH DRAUSSEN GIBT.

ICH WEISS SCHON LANGE...

UND DAS IST LAVI.

ICH BIN SUBARU.

WIR SIND KOPF-GELDJÄGER.

...JÄGER?

KOPF-GELD...

... BÖSE DIEBE, DIE ES DARAUF ABGESEHEN HABEN, VERSTEHST DU?

DIESE LEUTE FÜHREN OFT SELTENE WARE MIT SICH. DARUM GIBT ES IMMER MEHR...

DESWEGEN DÜRFEN EINIGE ANERKANNTE WISSENSCHAFTLER UND HÄNDLER IN BEIDEN LÄNDERN EIN UND AUS GEHEN.

DU WEISST DOCH, DASS DAS VERBOT DER GRENZÜBERSCHREITUNG GELOCKERT WURDE.

J... JA. WEISST DU, ICH...

VATERS LAND?

DASS ES IN VATERS LAND SOLCHE VERBRECHER GIBT.

DAS... WUSSTE ICH NICHT.

DESWEGEN SETZEN DIE DÖRFER UND STÄDTE EIGENS PREISGELDER FÜR VERBRECHER AUS.

DIE GESETZE BEIDER LÄNDER REICHEN NICHT AUS, UM DIE GRENZÜBERSCHREITENDEN VERBRECHEN ZU VERHINDERN.

SCHNÜFF

SCHNÜFF

OB ICH ES WIRKLICH SCHAFFE...

... EIN SO STARKER UND STATTLICHER DÄMON ZU WERDEN WIE VATER...?

SCHLUCHZ

TAAH!

HUAH!

SCHWING

SCHWING

DER MEISTER HAT DOCH SO GEMACHT...

...

BATSCH

OH!

ZWITSCHER

NACH HAUSE...

...

ICH...

...

ICH DANKE EUCH SEHR.

PAH! ALS OB SICH DER BOSS VON EINEM MEN-SCHEN UND EINEM HASEN SCHNAPPEN LÄSST!

GUT. ♡

WENN IHR NOCH DEN ANDEREN FANGT, ZAHLEN WIR NOCH MAL DEN GLEICHEN BETRAG.

UNTER DEM UND SEINEM KOMPLIZEN HABEN ALLE UMLIEGEN-DEN DÖRFER GELITTEN.

DER TYP, DER DICH IM STICH GELASSEN HAT UND ABGEHAU-EN IST?

DAS SOLL DEIN BOSS SEIN?

HA! DA HAST DU ALLERDINGS RECHT!
SEI EINFACH SO ARMSELIG, WIE DU BIST...
... UND STIRB!!
NEIN!!
MEINE MUTTER HAT GESAGT...
... JEMAND, DER ANDERE BESCHÜTZT, AUCH WENN ER SELBST DABEI VERLETZT WIRD, HAT EIN GUTES HERZ...
UND EIN GUTES HERZ ZU HABEN...
... BEDEUTET, UNHEIMLICH STARK ZU SEIN.
ICH SCHWÖRE BEIM NAMEN, DEN DU MIR GEGEBEN HAST...
... DASS ICH NICHT VERLIEREN WERDE!!

EPISODE
2

ICH HASSE LÄRM.

SEI STILL.

MMMMH.

UND WAS MAGST DU NI...

KNA

UTSCH

POFF

LAVI, SEI NICHT KINDISCH.

DU KÖNNTEST WENIGSTENS EINE EINZIGE FRAGE VON RION BEANTWORTEN.

MMH...

ICH...

... HABE MEINE EIGENEN ZIELE.

W... WIESO NICHT?!

WAS?!

ICH SAGTE, DU KÖNNTEST MITKOMMEN...

... ABER ICH HABE NICHT VERSPROCHEN, DICH ZU TRAINIEREN.

HÖRST DU?

ICH ESSE GERN GEMÜSE.

PACK EINEM MANN NICHT EINFACH AN DIE SCHNAUZE.

D... DANKE, SUBARU.

DU HAST EIN ZIEL, MEISTER?

MIT MEINEN EIGENEN HÄNDEN ...

ICH SUCHE EINEN MANN.

MIT DEM MUSS ICH ETWAS KLÄREN.

...

...!

FÜR EINEN SO VER-WÖHNTEN JUNGEN WIE DICH WÄRE DAS ZEHN JAHRE ZU FRÜH.

SELBST WENN ICH DICH TRAI-NIEREN WÜRDE ...

DAS SAGST DU SO EINFACH.

DANN TRAINIER MICH DOCH, WÄHREND DU DIE SACHE KLÄRST!

...

PAFF

KICHER
KICHER

KNOPF

DU MUSST ES DIR AUS EIGENER KRAFT VERDIENEN!

ABER DU DARFST DAFÜR AUF KEINEN FALL ETWAS UNRECHTES TUN.

ES LIEGT ÜBERHAUPT KEIN GELD RUM...

WENN MAN KEIN GELD HAT, MUSS MAN SICH WELCHES BESCHAFFEN!

SCHNUPP

ENTSCHULDIGUNG!

MUTTER HAT GESAGT, WENN ICH ETWAS NICHT WEISS, SOLL ICH GANZ EHRLICH FRAGEN!

ICH HAB'S! ICH FRAGE JEMANDEN.

DU HAST BIS ZUM SONNENUNTERGANG ZEIT.

GIB DIR MÜHE.

UND WIE VERDIENT MAN GELD?

HMMM

I... ICH HAB'S.

...

STARRRRRR

I... ICH SAMMLE SCHROTT UND TRÖDEL.

WIE... DAS?

...

WAS HAST DU GE-MACHT?

WAS IST DAS?

U... UND ICH BRIN-GE SIE IN LÄDEN.

WENN MAN ETWAS DAMIT ANFANGEN KANN, GEBEN SIE MIR GELD DAFÜR.

ZUCK

ARBEIT ?!

I... ICH SAMM-LE VIELE DIESER SACHEN EIN.

DAS IST MEINE ARBEIT.

STIMMT! HIER LIEGT SO EINIGES.

MAGST DU TRÖDEL?

64

DU HAST RECHT, ABER EIN SCHRITT FEHLT IMMER NOCH.

HMMM.

DEIN »TRAINING« IST, DEN VERWEICHLICHTEN KERL DAS LEBEN KENNENLERNEN ZU LASSEN.

SCHLIESSLICH KANN SO EIN BALG UNMÖGLICH DREISSIGTAUSEND LUSH VERDIENEN.

?

DACHTE ICH ES MIR DOCH.

SIEH NUR, LAVI.

ER ARBEITET FLEISSIG.

DASS KINDER KINDER SEIN KÖNNEN IST DER BEWEIS FÜR FRIEDEN.

... ABER ICH MAG AUCH DIESEN TEIL VON IHM ZIEMLICH GERN.

UND DU NENNST IHN ZWAR VERWEICHLICHT, LAVI...

AN DEM ABEND, ALS ICH ZUM HUNDERTSTEN OPFER AUSGEWÄHLT WURDE, WAR MEINE KINDHEIT VORBEI.

ICH SOLLTE ALS NÄCHSTES GEOPFERT WERDEN.

MEINE KINDHEIT...

... ENDETE, ALS ICH FÜNF WAR.

DAS IST NORMAL.

ES IST SOGAR MEHR ALS SONST.

N... NUR SO WENIG?

HIER HAST DU VIERZIG LUSH.

HM.

DAS SIND DIE SACHEN, DIE ICH DIR ABKAUFEN KANN.

GUT GEMACHT, RACU.

DAS IST DEIN ANTEIL.

JEDER KRIEGT DIE HÄLPTE VON DEM GELD.

AUSSERDEM HAT MIR MIT DIR ZUSAMMEN...

OH...

... DIE ARBEIT ZUM ERSTEN MAL SPASS GEMACHT.

ABER NICHTS VON DEN SACHEN, DIE ICH AUFGESAMMELT HABE, WURDE ABGEKAUFT...

SIEH ES ALS DANK DAFÜR AN.

DESWEGEN TEILEN WIR.

WIR HABEN ZU ZWEIT GEARBEITET.

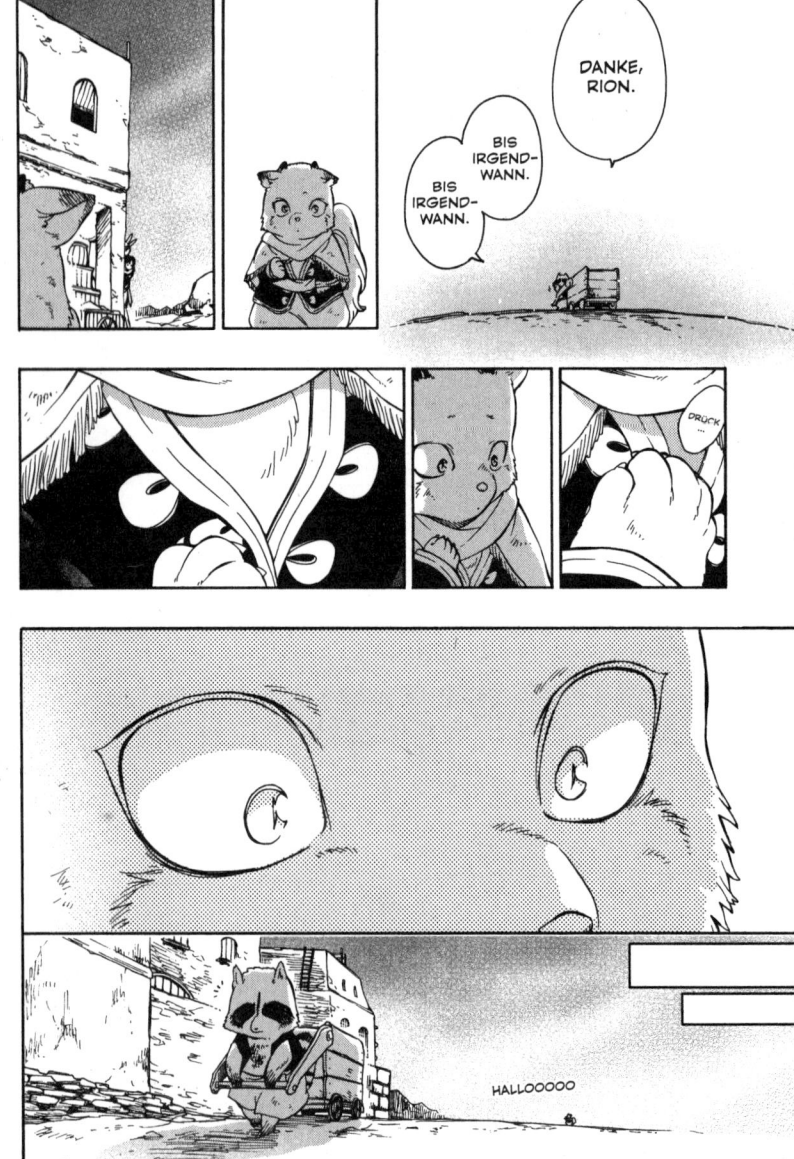

... DIE ES NUR EIN- MAL GIBT AUF DER WELT.

KLEI- DUNG, DIE MIR SUBARU GE- SCHENKT HAT...

DANKE, SUBARU!

JA!

GEFÄLLT SIE DIR?

SEHE ICH COOL AUS?

STEHT MIR DAS, MEISTER?

ICH HABE NÜTZLICHE INFORMA- TIONEN VON EINEM TYPEN AUS DER STADT ERHALTEN.

GUCK MAL, MEISTER!

AHA. DIE GRÖSSE PASST.

SEID IHR FERTIG?

NEUE KLEIDUNG NUR FÜR MICH!

WIE?

UND SAG MIR, WAS DU UNTER »STÄRKE« VERSTEHST.

WARUM WILLST DU STARK WERDEN?

HALT DICH DA RAUS, SUBARU.

ACH LAVI, SEI DOCH NICHT SO STEIF...

WENN DU NICHT ANT-WORTEN KANNST, WAR ES DAS.

ICH HABE KEINE LUST, MIT EINEM KIND »TRAI-NING ZU SPIELEN«.

...

ÄHM... ALSO...

WENN MAN DA SEINE DÄMONISCHEN KRÄFTE NICHT EINSETZEN KANN, WIRD MAN NICHT ALS VOLLWERTIG ANERKANNT...

E... ES GIBT EIN RITUAL...

ALSO... IN MEINEM DORF GIBT ES EIN RITUAL, DAS MAN ABSOLVIEREN MUSS, WENN MAN ZEHN GEWORDEN IST...

U... UND ICH KANN MIT MEINEN KRÄFTEN NOCH NICHT SO GUT UMGEHEN...

ICH HASSE DIE KÖNIGSFAMILIE.

DU GEHÖRST ALSO ZUR KÖNIGSFAMILIE?

O NEIN, ICH HABE SCHON WIEDER GELOGEN.

ABER WENN ICH EHRLICH GESAGT HÄTTE, »UM EIN HEILIGES TIER HERBEIZUBESCHWÖREN«...

MEISTER!

LEB WOHL

OB DAS REICHT ODER NICHT, HÄNGT VON DIR AB.

R... REICHT DAS NICHT?

WENN DU DÄMONISCHE KRÄFTE EINSETZEN KANNST, WIRST DU ALSO ANERKANNT?

AHA.

OH.

V.in.

OBEN HÖRE ICH MIR NOCH EINMAL DEINE ANTWORT AN.

TAMM

TAMM

DRÜCK

HMMM

W... WAS MACHE ICH NUR?

O NEIN

O NEIN

...

ICH KANN SIE SCHON NICHT MEHR SEHEN...

ABER ES IST SO UNANGENEHM...

... ZU LÜGEN. MEIN FELL STRÄUBT SICH UND ES FÜHLT SICH SCHLECHT AN.

OB ES NICHT REICHT ZU SAGEN, DASS ICH LERNEN WILL, MEINE DÄMONISCHEN KRÄFTE EINZUSETZEN?

VIELLEICHT MUSS ES EIN GEWICHTIGERER GRUND SEIN...

ICH KLETTERE ERST MAL HOCH UND DENKE DANN NACH!

ACH, EGAL!

WAS SOLL ICH TUN?

!

PFOTEN...

WEIL DIE KRALLEN HÄNGEN BLEIBEN.

DABEI KANN ICH DOCH SO GUT AUF BÄUME KLETTERN.

RICHTIG!

ICH HABE JA NOCH ANDERE HÄNDE!

DIESE PFOTEN EIGNEN SICH NICHT GUT, UM EINE FELSWAND HOCHZUKLETTERN.

IN DEM FALL WÄRE DAS SEIN SCHICKSAL.

ABER DÄMON HIN ODER HER — RION IST NOCH EIN KIND!

WENN ER ABSTÜRZT, KÖNNTE ER UMKOMMEN!

LASS ES.

DU KANNST DIE FELSWAND NICHT HOCH UND RUNTER KLETTERN.

ICH GEHE DOCH MAL NACH IHM GUCKEN.

ICH HABE ES DOCH GESAGT.

ICH HABE KEINE LUST, MIT EINEM KIND »TRAINING ZU SPIELEN«.

...

DAS MEINST DU NICHT ERNST, ODER?

GRAAAK

...

MISCH DICH NICHT EIN.

SO SIEHT MEIN TRAINING AUS.

WENN ES IHM ERNST IST, STARK ZU WERDEN, BEHANDLE ICH IHN WIE EINEN ERWACHSENEN.

VATER...

MUTTER...

KYK

ROPUS

WO SIND VATER UND MUTTER?

ABER ES IST NICHT ZU ÄNDERN, PRINZ RICHARD.

DER MENSCHEN-KÖNIG IST DAS MIASMA NICHT GE-WÖHNT...

DAS GE-SPRÄCH MIT DEM MEN-SCHENREICH KANN NUR IN EINER STADT IN GRENZNÄ-HE GEFÜHRT WERDEN.

NEIN!

SCHLA-FEN!

STATT-DESSEN SCHLAFEN WIR BEIDE BEI DIR.

DEINE ELTERN SIND IN STAATS-ANGELE-GENHEITEN UNTERWEGS UND KOM-MEN HEUTE NICHT ZU-RÜCK.

ICH WILL MAMA UND PAPA!!

... DAMIT ES AUCH IN ZU-KUNFT SO BLEIBT.

DIE BEIDEN GEBEN SICH ALLE ERDENK-LICHE MÜHE...

UND WENN ICH MENSCHEN-GESTALT ANNEHME, STÖRT SICH AUCH KEI-NER DRAN.

MAMA IST EIN MENSCH.

ABER WIR HABEN UNS DOCH SCHON MIT YOANA VERTRAGEN, ODER?

SOLL ICH HEUTE NACHT BEI DIR BLEIBEN?

ABER ICH VERSTEHE, DASS DU DICH EINSAM FÜHLST.

I... ICH SCHLAFE ZUSAMMEN MIT KYK UND ROPUS...

ZUSAMMEN!

DRÜCK

... WEIL WIR UNS NICHT MIT YOANA VERTRAGEN KONNTEN.

... ABER ICH MÖCHTE NICHT, DASS VATER UND MUTTER ENTTÄUSCHT SIND...

... VERSTEHE DIE KOMPLIZIERTEN DINGE NOCH NICHT.

ICH HABE ANGST UND ICH BIN MÜDE UND HUNGRIG...

ICH...

ZURR

DA ZIEHT
WAS, DA
ZIEHT
WAS!

OH.

ZA
TAAAAAAH!!
MM!
HUCH!
DAS KOMMT DAVON, WENN MAN DIE ANGEL ZU HEKTISCH HOCHZIEHT.
WARTE, BIS DER FISCH FEST ANGE-BISSEN HAT UND...
PLATSCH
PLATSCH
ZA
MM

ZA
MM

WAS HAST DU, LAVI?

DAS SIND DOCH ...

UND ICH MÖCHTE FISCH ESSEN.

DAS SIND DELFI-NE.

FANGEN WIR DIE, MEISTER!

UAAH! WAS FÜR GROSSE FISCHE!!

DAS IST NICHT UNGE-WÖHN-LICH.

SO ETWAS PASSIERT OFT BEI INTELLI-GENTEN WESEN.

SIE SCHEI-NEN ZUM SPASS IRGENDEIN LEBEWESEN ZU PIESA-CKEN.

WAS DIE DA WOHL MA-CHEN?

WAS?!

GRO-ARR

PLATSCH

GYAH

DOMM

NEIN.
...
DU, MEISTER ...
I... ICH HABE NOCH GAR NICHTS GESAGT...
DU WILLST BESTIMMT SAGEN, DASS DU DAS VIEH BEHALTEN WILLST, ODER?
HUCH, WOHER WEISST DU DAS?
SUPER, MEIS-TER!
WER WÜRDE DAS NICHT ERRATEN?
NUR, WER FÜR SICH SELBST SORGEN KANN, SOLLTE SICH UM EIN ANDE-RES LEBEWESEN KÜMMERN.
BESTIMMT BLEIBEN ALL DIE LÄSTIGEN SACHEN WIE GASSIGEHEN UND FÜTTERN AN MIR HÄN-GEN...
MURMEL MURMEL
ICH GLAUBE, DU REDEST VON ETWAS ANDEREM...
MEIS-TER...
AUSSER-DEM: DER KERL SIEHT HARMLOS AUS, IST ABER EIN MONSTER.
VIELLEICHT VERFÜGT ER ÜBER UN-HEIMLICHE KRÄFTE.
BESTIMMT VERSUCHT ER AUCH WIEDER, DICH ANZU-GREIFEN.
...

D... DANN DARF ICH WENIGSTENS...
... FÜR IHN SORGEN, SOLANGE WIR AUF DEM SCHIFF SIND, ODER?
ODER, MEISTER?
...
WARUM NICHT? DAS IST DOCH IN ORDNUNG.
SELBST DU WÜRDEST ZÖGERN, JEMANDEN EINFACH INS MEER ZU SCHMEISSEN, AUCH WENN ES EIN MONSTER IST, ODER?
GENAU!
MMMH...
MACHT, WAS IHR WOLLT.
ABER ICH ÜBERNEHME KEINE VERANTWORTUNG.
!!
DANKE, MEISTER! DANKE, SUBARU!
...
SO EIN GLÜCK, WAS, KEMOMO?
DU MUSST IHM KEINEN NAMEN GEBEN.
WAS SOLL DAS?
LASS MICH GLEICH NACH DEINEN WUNDEN SEHEN...

FRISCH GEBRATEN UND LECKER.

KEINE SORGE. DAS IST NICHTS VERDÄCHTIGES.

KLAPPER

KLAPPER

FLUPP

OB ER KEINEN FISCH MAG?

ER ISST NICHT.

PFFT

...

...

HAPPS

...

KNURR

...

HIER!

STELL IHM ETWAS HIN, ER ISST ES SCHON IRGENDWANN.

LASS IHN NOCH EINE WEILE IN RUHE.

ER WILL WOHL NUR VON UNS NICHTS ESSEN.

HUNGER SCHEINT ER SCHON ZU HABEN.

IGRRRIIIIIWAAAAAH

ENTSCHULDIGE, ENTSCHULDIGE!

OB SIE DIE PIRATEN SCHON BESIEGT HABEN?

ES IST SO RUHIG DRAUSSEN...

DRÜCK

SO, FERTIG!

OOOH ...!

ICH HABE DOCH GESAGT, ICH ERLEDIGE DAS ALLEIN.

FÜR EINEN MENSCHEN WAR DAS ANSTRENGEND.

HAAAH

JETZT BIN ICH ABER SCHON EIN BISSCHEN ERSCHÖPFT ...

ICH NEHME ABER AUS PRINZIP KEIN GELD FÜR NICHTS AN!

ICH HÄTTE DIR SCHON ETWAS ABGEGEBEN.

ABER DANN KRIEGE ICH JA NICHTS VOM KOPFGELD AB!

MANN, BIST DU UMSTÄNDLICH...

140

SEID IHR NICHT EIN BISSCHEN VOREILIG?
DAS KOPFGELD IST SCHLIESSLICH AUF DEN KAPITÄN AUSGESETZT.
!!
DIESE STIMME ...!
WAR DA NOCH JEMAND?
HEISST DAS, DU BIST DER BOSS?
NEIN.
ICH MACHE NICHT GERNE GEMEINSAME SACHE MIT ANDEREN.
ABER ICH WOLLTE DAS MEER ÜBERQUEREN.
DESWEGEN HABE ICH EINFACH MAL DEN KAPITÄN ABGELÖST.

Willkommen, neue Charas!

Richard (Rion)
Wildkönigsvolk +
Menschenvolk
9 Jahre alt (bald 10)
Mag: Alles, was cool ist!
Süßigkeiten von Amito
Mag nicht: Anubis'
Strafpredigten

Lavi
Weißhasenvolk
In Menschenjahren
etwa 20 Jahre alt
Mag: Gemüse im
Allgemeinen
Mag nicht:
Schwächlinge, Vögel

Subaru
Mensch
17 Jahre alt
Mag: Flauschiges,
Sashimi
Mag nicht: Seegurke

SACRIFICE TO THE KING OF BEASTS

EPISODE 0

Willkommen,
Nebenrollen!

Racu
Heißt Racu, weil er ein
Waschbär (Racoon) ist. Ist so
alt wie Richard.

MEIN NAME »SALIPHIE«...

... IST AUF EIN ALTES WORT ZURÜCKZUFÜHREN, DAS »OPFERGABE« BEDEUTET.

IN DER STURMNACHT, IN DER ICH DAS HÖRTE...

... ERFUHR ICH AUCH VON MEINEM SCHICKSAL.

...LIPHIE.

SALIPHIE!

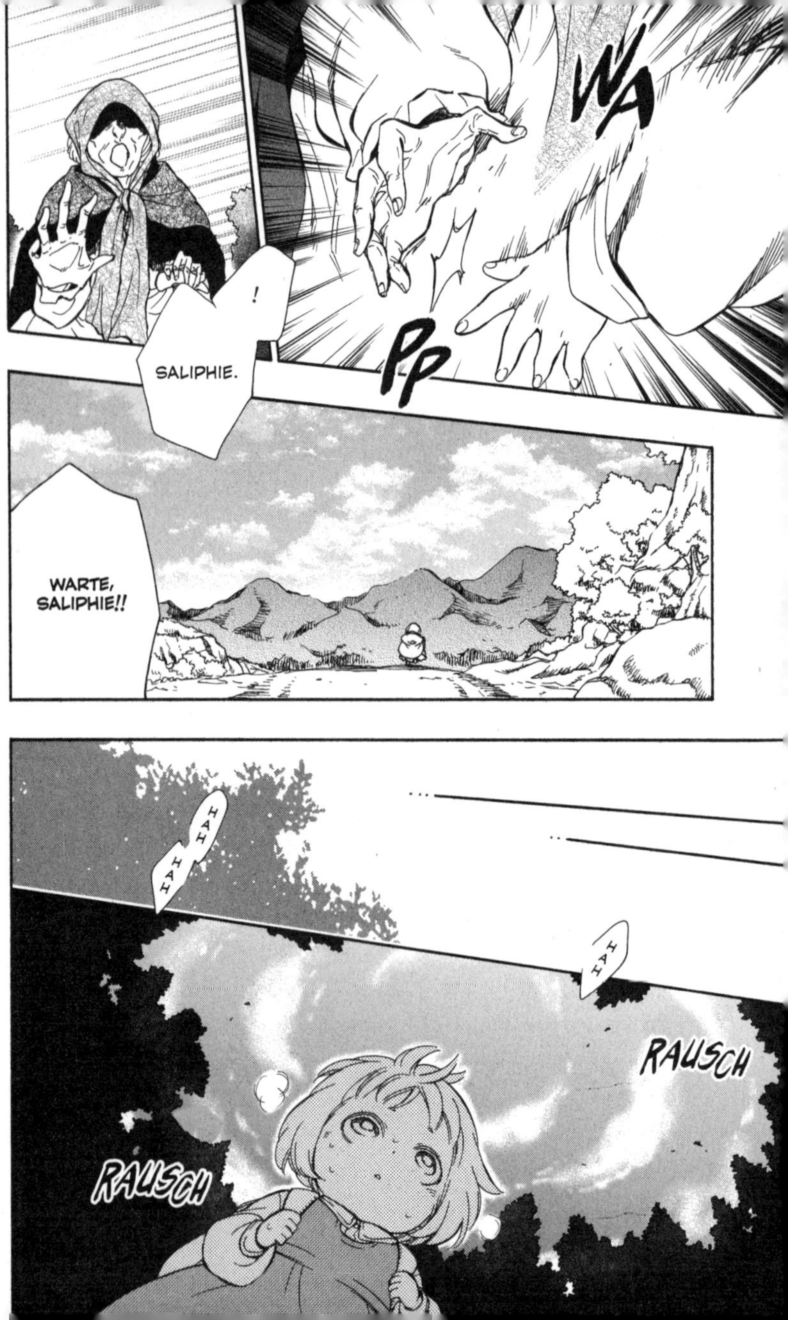
WA
PP
!
SALIPHIE.
WARTE, SALIPHIE!!
HAH HAH
HAH
RAUSCH
RAUSCH

JA!

SIE IST BE-STIMMT DORT.

MEINE ECHTE FAMILIE.

VIELLEICHT HABEN SIE BISHER NACH MIR GESUCHT.

VIEL-LEICHT...

VIELLEICHT WOLLTEN SIE MICH IN WIRK-LICHKEIT NICHT AUS-SETZEN.

VATER!

MUTTER!

VOR ETWA ZEHN JAH- REN GAB ES EINE GROSSE HUNGERSNOT, DIE MEHRERE DÖRFER IN DER GEGEND AUS- GELÖSCHT HAT.

DAS WAR, BEVOR DU GEBOREN WURDEST.

JETZT ERINNERE ICH MICH WIEDER AN ETWAS, DAS MIR MEIN MEISTER ER- ZÄHLT HAT.

SALI- PHIE...

... KÖNNEN NICHT AUS DIESEM DORF GEWESEN SEIN.

DEINE »ECH- TEN« ELTERN ...

DEINE ELTERN MA- CHEN SICH BESTIMMT SCHON SORGEN...

LASS UNS ZURÜCK- GEHEN.

ABER JETZT HAST DU KLARHEIT.

VER- STEHST DU?

NEIN...

SA...

WO
SEID IHR?
KOMMT
HERAUS!

SALI-
PHIE.

DAS SEHE
ICH NICHT
EIN!!

VATER,
MUTTER!!

ES
GIBT SIE!!
IRGENDWO
MUSS ES SIE
GEBEN!!

MIT MIR SPRICHST DU AUCH NICHT MEHR...

...

LANGSAM KANNST DU ES MIR DOCH VERRATEN, ODER?

BITTE... SAG MIR, WAS IN DIR VORGEHT.

DU BIST GANZ VERÄNDERT SEIT DEM TAG.

WENN EINE VON UNS STERBEN MÜSSTE... WENN ES ABSOLUT NICHT ABZUWENDEN WÄRE...

WAS WÜRDEST DU TUN?

SCHWESTER...

...

WENN ICH NICHT STERBE, STIRBST DU...

WAS WÜRDEST DU TUN?

W... WAS REDEST DU DA, SALIPHIE?

WIE...?

DAS...

... ODER WENN DU NICHT STIRBST, STERBE ICH.

DAS...

... IST ALSO MEIN SCHICK- SAL.

ICH AUCH ...

WENN MAN EINEN MENSCHEN MIT HAUT UND HAAREN FRISST, PASSIERT DAS EBEN.

ÜBERALL IST BLUT.

WIE ES AUSSIEHT, HAT SICH DIE OPFERGABE DIESMAL HEFTIG GEWEHRT.

SO LANGE...

... UM DIE MENSCHEN WISSEN ZU LASSEN, DASS WIR IHNEN ÜBERLEGEN SIND.

DAS RITUAL IST ANTIQUIERT, ABER NOTWENDIG...

... DÄMONEN UND MENSCHEN UNVEREINBARE EXISTENZEN BLEIBEN.

SO
MÖGE
ES...

... FÜR JEMANDEN MIT EINEM GUTEN HERZEN SEIN.

SACRIFICE TO THE KING OF BEASTS

EPISODE 88,5

ICH BITTE UM ENT-SCHULDI-GUNG...

HERR PREMIER-MINIS-TER...

P... PREMIER-MINISTER ANUBIS...

PREMIERMINISTER ANUBIS

EIN ENGER VERTRAUTER DES KÖNIGS, DER GEGEN DIESE HEIRAT WAR UND SALIPHIE VERSCHIEDENE PRÜFUNGEN AUFERLEGTE.

J... JA!

ZIEHT EUCH ZURÜCK.

ICH MÖCHTE MICH KURZ MIT DER STELL-VERTRE-TENDEN KÖNIGIN UNTER-HALTEN.

WENN ER IMMER NOCH GEMEIN ZU SALI IST, KANN ER WAS ERLEBEN!

OB ES IN ORDNUNG IST, DIE BEIDEN ALLEIN ZU LASSEN?

LADY
SALIPHIE.

... MICH
UNREIFEN
MEN-
SCHEN...

... AUCH
IN ZUKUNFT
ANZULEI-
TEN.

UND
DICH
ICH...

Kyks und Ropus' Entwicklungstagebuch von Prinz Richard (Tagebuch!)

ETWA ZWEI JAHRE, NACHDEM DER KÖNIG UND SALI GEHEIRATET HATTEN...

... KAM PRINZ RICHARD AUF DIE WELT.

AUF DIE WELT!

AAH

BUAH

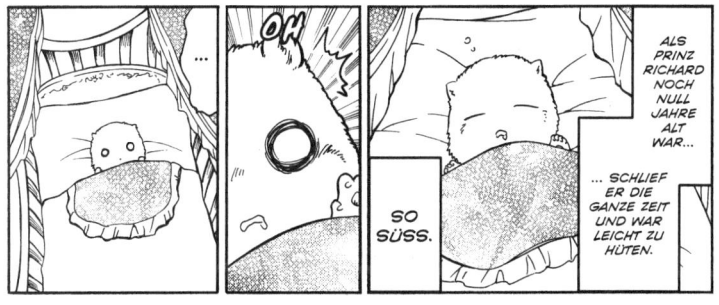

...

OH

SO SÜSS.

ALS PRINZ RICHARD NOCH NULL JAHRE ALT WAR...

... SCHLIEF ER DIE GANZE ZEIT UND WAR LEICHT ZU HÜTEN.

ES IST VIEL ARBEIT, SICH UM EIN BABY ZU KÜMMERN.

WIR NEHMEN DIE AUSSAGE ZURÜCK.

GENAU.

AAAAAAA

GROMM GROMM GROMM

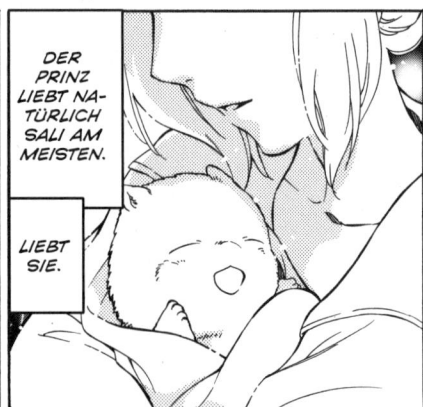

188

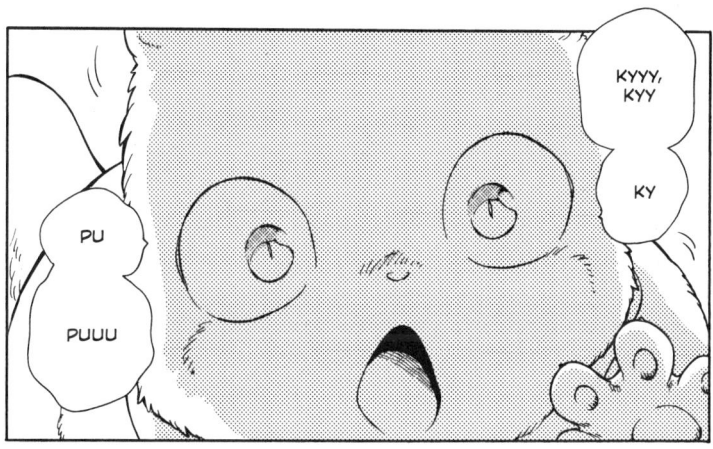

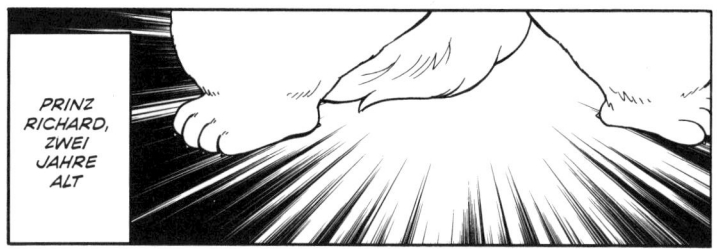

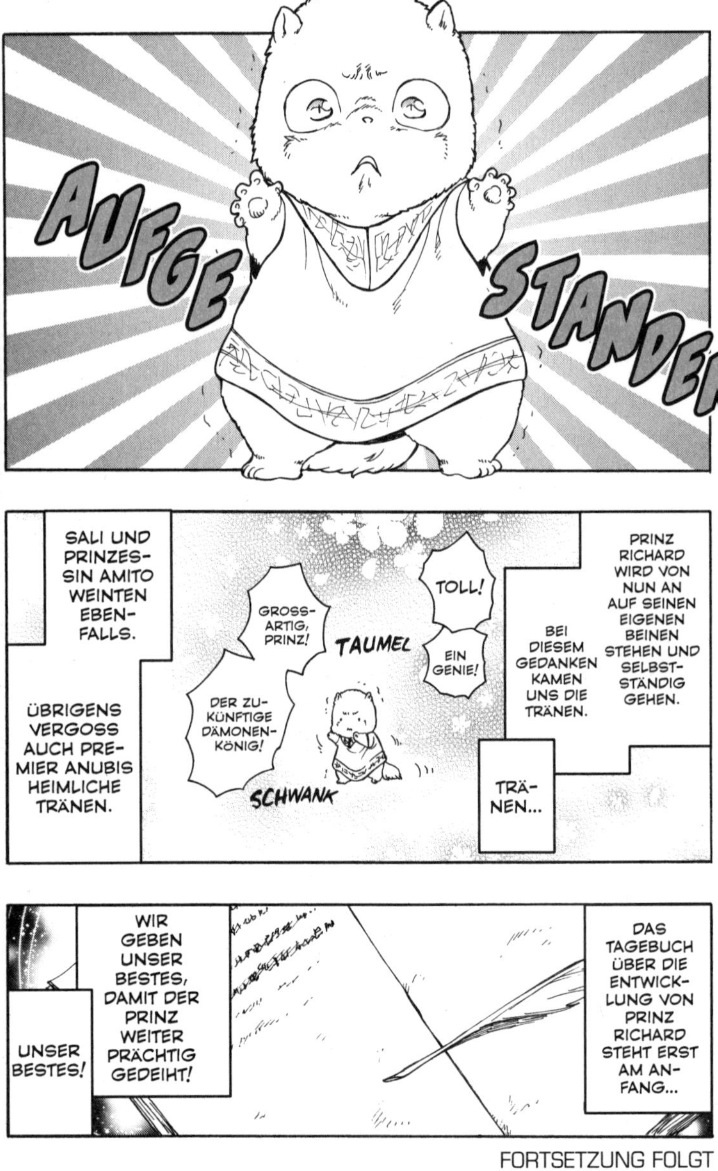

FORTSETZUNG FOLGT

White Rabbit and the Prince of Beasts  ①

Hier kommt der erste Band von White Rabbit and the Prince of Beasts! Er ist ein Spin-off von Sacrifice to the King of Beasts, und ich habe ihn zeitgleich zur Animeverfilmung im Jahr 2023 begonnen. Ich erzähle diese Geschichte in der Annahme, dass die meisten Leser den Vorgängertitel kennen. Wer ihn nicht kennt – ich würde mich freuen, wenn ihr ihn bei dieser Gelegenheit lest! Er hat insgesamt 15 Bände! (Werbung) Als ich mich für das Spin-off entschied, nahm ich mir als Erstes vor, dass die Charas aus der Vorgängerserie keinen neuen harten Prüfungen ausgesetzt werden. Natürlich haben auch sie, ihren Rollen entsprechend, so manche Aufgabe zu bewältigen, aber prinzipiell leben sie in einer Welt nach einem Happy End. Also wollte ich neue Charaktere in den Vordergrund rücken und entschied mich nach einigen Überlegungen ganz orthodox für die nachfolgende Generation, Prinz Richard.

Als Lehrmeisterduo entstand die Mensch-Dämonen-Kombi aus Lavi und Subaru. Ich habe sie passend zum Chara Richard, den es bereits gab, entworfen, weshalb es ziemlich schnell ging. Ich würde mich freuen, wenn ihr diese beiden und den behüteten Prinzen bei ihren Abenteuern eine Weile begleiten würdet!

September 2023

Yu Tomofuji

H A L T

Die Geschichte um den sorglosen Prinzen Richard ist eine japanische Serie, die original-getreu von »hinten« nach »vorne« und von rechts nach links gelesen wird! Schlagt das Buch also »hin-ten« auf und blättert Seite für Seite nach »vorne« weiter!

Auch die Bilder und Sprechblasen auf jeder Seite werden von rechts oben nach links unten gelesen, wie es in der Beispielseite gezeigt wird! Wir wünschen mystisches Vergnügen!

Carlsen Manga! News – jeden Monat neu per E-Mail!
www.carlsenmanga.de
www.carlsen.de

CARLSEN MANGA
Deutsche Ausgabe/German Edition
2024 Carlsen Verlag GmbH, Völckersstraße 14-20, 22765 Hamburg
Aus dem Japanischen von Yuki Kowalsky

NIEHIME TO KEMONO NO OH SPIN-OFF SHIROUSAGI TO KEMONO NO OHJI by Yu Tomofuji
© Yu Tomofuji 2023
All rights reserved.
First published in Japan in 2023 by HAKUSENSHA, INC., Tokyo.
German language translation rights in Germany arranged with HAKUSENSHA, INC., Tokyo
through TOHAN CORPORATION, Tokyo.

Redaktion: Anne Berling
Textbearbeitung: Steffi Korda
Herstellung: Tobias Hametner
Alle deutschen Rechte vorbehalten
ISBN: 978-3-551-80117-3